献给我爱和爱我的人，以及所有流逝的岁月

第三种情绪

◆ 木 木 —— 著

THE THIRD
EMOTION

ZHEJIANG UNIVERSITY PRESS
浙江大学出版社

图书在版编目（CIP）数据

第三种情绪 / 木木著． -- 杭州 ： 浙江大学出版社,2022.1

ISBN 978-7-308-22037-8

Ⅰ．①第… Ⅱ．①木… Ⅲ．①散文集－中国－当代Ⅳ．①I267

中国版本图书馆CIP数据核字 (2021) 第248182号

第三种情绪

木　木 著

责任编辑　黄兆宁
责任校对　陈　欣
封面设计　春天书装
出版发行　浙江大学出版社
　　　　　　（杭州市天目山路148号　　邮政编码　310007）
　　　　　　（网址：http：//www.zjupress.com）
排　　版　杭州林智广告有限公司
印　　刷　广东虎彩云印刷有限公司绍兴分公司
开　　本　880mm×1230mm　1/32
印　　张　6.75
字　　数　152千
版 印 次　2022年1月第1版　2022年1月第1次印刷
书　　号　ISBN 978-7-308-22037-8
定　　价　45.00元

目 录

一片叶子

枯叶

从树上落下

腐烂

生根发芽

完成，与时间的交易

月

这一夜
我又来到了这里

坐在这山顶
闻着，细碎的金黄的花
花香浓郁，浓郁，如那夜
周遭，沉寂无声
我在安静地，等待你
昨天的月的光华，尚未离去
诺言或有形或无形
在月下，如萤火
闪闪烁烁
它们愉快地存在着

多想再与你一起

享受月儿的沉默

享受，这微小的不可复返的快乐

你的粲然的笑，你的皱眉

你的绝无仅有专属于我的温暖

是你，令时空停滞

是你，和我相爱着

你和我，相爱着

你和我，有些地方，却从未去过

那个世界，那个名字

写着，世俗的生活

1876

一串数字

一段记忆

一张笑靥

一秒钟的想念

一寸肌肤的微甜

想念，如蜘蛛

在暗夜肆意横行

爬过栅栏，越过窗户

额头、鼻尖，静默的墙

在远方，很远的天花板

那里，有东西在悬浮着

它在悄无声息地

呼唤着我

闭上眼，去听，去感受
那些，缓慢的，细长的
无穷无尽的丝，在汇聚
在连接，汇聚连接成
一张又一张
黑色的网，层层叠叠
这些网，是什么
是想念，是唤醒，还是祭奠
它在想念什么
它在唤醒什么
它在祭奠什么
也许都不是，而是，只是
身体快要失去平衡的某个瞬间
不用在意，更不需要去思考的
一种一念即逝的幻觉

活着，爱恋着
死去，沉入睡眠
一切，不见
留笑意，唇边

片刻

时不时地，我是这般的柔顺
坐在这琴凳上，几乎是满怀热烈
满心欢喜，仿佛是第一次，总是第一次
用绝不怀疑的巨大热情，来打开琴盖

空气中涌动着弥漫着，虔诚的
那些音律，生命的多重乐章
眼看着，就要流淌开
流淌在这美好的
黑色的白色的琴键上
一行接着一行，
彼此相恋，相互憎恨
被安排好的顺序，爱与恨的完美衔接
啊，就是它，是它，它在这里
我的指尖抬起，深深地呼吸

让身边的世界远去，远去

小心翼翼地，大胆地，欢快地

碰触吧，起舞吧，咆哮吧

十指奔走，相连相扣

聚合，离散，亲吻，跳跃

尽情地缠绵吧

在帷幕上留下身影

所有的爱投射在冰凉琴面

等待落下，等待

落下，没有声音

帽子

它孤零零地挂在那里
尚且在三分三秒钟之前
它还有温度

随着帽檐的晃动，它活着
他有一件灰色的长袍
这长袍曾经陪他行上珠穆朗玛峰
有记忆的尘埃在搅动
那时候，明媚的耀眼的阳光
在寒冷的冰上，在雪域
翻滚着覆盖着纠缠着
冻住爱意，延绵千里
帽子和长袍紧紧相依
每一个有风的无风的夜晚
你就是他，他就是你
生命与相爱
不同的壳，相同的核

被赐予，被夺去
全不由自主

那夜
他是那个众所周知的智者
僵硬，洒脱
开悟在三分零三秒之后
在零下三十三摄氏度的珠穆朗玛

展览

人们竭尽全力

要把欲望裸露出来

把伤口展示出来

漆黑的雪白的七彩的混乱的

通通，都要描述出来

艺术不止有一百零八个化身

更多，许许多多眼花缭乱的工具

偏爱探索隐秘，长长的触角

伸进生活，伸进历史，伸进战争与和平

伸进精神与肉体，伸进腐烂

诗歌和远方，苟且与花朵

呼吸、排泄、进食

都无须再遮掩，无所顾忌

竭尽所能

表达一种思想，来证明自己存在

在证明自己与众不同的同时

来证明自己与他人并无差别之处

悖论，等待人们去肯定

等待人们去否定

寻找安静、平静、寂静

寻找喧嚣与繁华

精疲力竭，如释重负

在一个地方结束了

然后，在另外一个地方

又重新开始

真理在此展览

请勿错过

沙漏

屏住呼吸，在夜里
听一种声音
沙漏倒置中的旅行
时光，以颜色，以形状
以悄无声息的优雅之姿
一颗继着一颗
缓缓坠落

瓶中的你，瓶中的我
黑夜白昼之间
重复饰演相聚的故事
一遍又一遍
终点回到起点
起点又滑向终点
在亿万颗灰色的沙粒里
去遇见，去离开

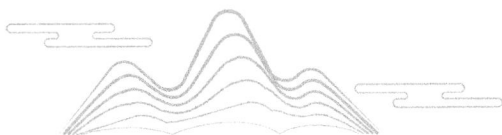

欢喜悲伤，自由切换

眷恋着断绝着

这一刻的你，这灰色的暖意

透过层层白色的玻璃

索取，彼此美妙的叹息

如此甜蜜，甜蜜到可以

忘却时光，忘却世界

只铭记这份安静

这旅途中发生的年轻与偶然

在别处

我对你说

我要用我炙热的吻

去换取你的岁月

我要在你的眼角

印上深深浅浅的皱纹

我要走进你的昨天

你的今日，你的将来

我想独享你的美

你的所有辉煌和你的落寞

我想去描绘，那些不曾发生的发生

一次活过，一种情景

听秋雨滴落在窗台

看霜花在玻璃灿烂盛开

渴望与你一起苍老

在四季里，细数朝夕

在你的故事中，写进我

写进每一个可以驻足留恋的时刻

一起等待，那一束，死亡的光

朝我们，照下来

一任万物葳蕤枯荣，匆匆

再匆匆，也带不走你

永如婴儿般美好的笑容

即使，你不在这里

你在别处

假面

可以了

就是这会儿

这一刻

当音乐响起

给我一个假面

无所谓黑夜

无所谓白天

无所谓永久

更无所谓短暂

只是，借一个假面

可以让我去

自由自在地

爱上你

爱上静寂的沉默

爱上孤独

爱上深沉的热烈

爱上碎片

爱上决绝

爱上虚幻的一切

那一切，是你，唯一的你

就是这样的爱

这样的欢喜

这样，迷人的

高贵的伪善

弥漫进

生命的空气

岁月，时间

爱上假面

爱上你

爱上沉沦与快意

可是

这一个清晨，醒来，无梦
夜尚有余温，成薄雾般的块状
飘浮在空气里，最后的占据
在这样的静悄悄沉默世界

再无睡眠，静悄悄起身
静悄悄去看你
去你在，却又不在的
你的房间
剧烈的想念，升起
无声音，无颜色，无味道
是记忆突然奔袭？或有深意
被骤然困住的孤独与无力
不能问，不可问，却依旧问
假使你还在，这世界，将如何

如果你还在，这世界，是否就会不一样
我此刻所看到的，所听到的，所闻到的
那被伤害的裸露山丘
已然消失的清澈潺潺泉水
一株连着一株灿烂绽放的彼岸花
它们，如果你还在
是否就会不一样
时钟、雨水、屋檐、炊烟
只要你在，那经由
岁月渐渐积累下来的完整
是否就不会被割裂

忍不住这样想
不由自主地这样想
如果你在，这样的无力的孤单的我
是否就会更加勇敢，如果你在
我是否就可以是，永远的孩子
同时，我也可以是，永不言输的斗士

有许多人对我说
灵魂从来不会远去
你总在陪伴我鼓励我抚慰我
可是，可是
你此刻在镜框里的凝视
是那么的真切却又那么的遥远
可是，可是
没有了，你走了
只留下，可是，可是
可是，这一刻
我该如何度过

名字

偶然发现，在一本
过去的很老的空白日记本里
写着一个陌生名字

那是谁？
一个名字，一段记忆
仿佛是突然发现，回到昨天
我喜爱的那个少年
他的身上，有着淡淡的木质的香味

去亲吻，记忆中的空气
留在日记本里的陌生名字
这被一圈又一圈细碎金色花朵
围绕着的你，我的少年
如今的你，去了哪里

也许总有一天，我会忘记你

岁月更迭，任由你离去

从脑海里一片一片删除你

删除记忆，不留下任何的细节

把名字变得陌生

没有你，不再是你

这一切并不费力

只需要一个，稍微长一点

再长一点，拉开你我距离的

时间的奇迹

学习

假装在星星下
假装极度热爱全新的事物
假装风生水起地试图创造
男男女女，聚集在一起
一起参与寻找
人类，智慧的语言
被规划、被预告、被期许
一起埋头认真写下，各种
必然会用来违背的誓言

生活，若能通过学习而得到
自我裂变的意义又在哪里
是疼痛的，慵懒的，再或是颓废的
那些在我看来弥足珍贵的许多个瞬间
如若一一摒弃
生命独自探索的快乐
又该来自哪里

把自我交出去

把躯体交出去

把思想交出去

把意识交出去

汇入，汇入这一丛嗡嗡嗡的蜂群

消于无形，成为大多数，成为成功

走别人走过的路，成为他者

成为复制的复制

这，就是学习

不被命名的旅行

又一次
没有预兆的离开
与许许多多
从四面八方汇集而来的
未曾见过的陌生的面孔
一起，聚拢

有人带着忧愁
有人流露疲惫
只有一小部分人
极少数的一部分人
把跃跃欲试的对远方的渴望
快活地，写在脸上
这些年轻的人
还不知离开为何物的人
企图摆脱这里，去往那里的人

铅笔、胭脂、意识、知觉

通通带上，再带上

雪白的还不曾沾染上颜色的纸

构思一个又一个故事

问号逗句省略号惊叹号

串串相连，唯独没有句号

他们没有到过城市

不知道这里和那里

并无区别

不知道句号早已在未出发时

就已写好

早在启程之前

命运已定

匆匆步履

空无一物

记录

曾经以为
我所抗拒的那件事情
永远不会到来

突然有一天
这一天
仿佛不经意地
略带着歉意似的
它沿着我的眼角
在那里，撕开一道细细的线
一道，两道，三道
许多道，蜿蜒的线
就这样悄无声息地蔓延

苍老，总是从
最美丽的部分开始
那些波光潋滟的凝视
渐渐无神
吞噬

精美的步骤
未曾记录
它来了，从何时开始
又将在哪里结束

我完全无从得知

茗·醉

一饮烦恼过
再饮灯火远
三饮离尘世
四饮登蓬莱
晨昼倚长榻
慵懒醉茶香
晓茗无挂碍
木心叙寻常

暖

独坐红书案
素手抚清泉
琴音脉脉语
香茗伴深秋

起舞弄衣袖
柔荑烹新壶
灯火荧荧处
温茶候故人

蓝色时分

当城市灯火渐次点亮
天地一色，万物均染
昼夜撤换的瞬间
日神与酒神相遇
蓝色时分，世界静止
你的忧伤的双眼
越过我肩膀，越过我身后的墙，越过蓝色的空气
越过重重暮色
去追逐远方的沙滩
追逐沙滩上的前一秒
在记忆中寻找那
远遁消失了的影像

水鸟以优雅无比的姿势滑过天空

清凉潮水送来一朵又一朵雪白木莲

遥远的海，空荡荡裸露着胸膛的海

岑寂中独自慢慢腐烂的枯树

鼻尖、额头、脸的轮廓、脚印

一律，笼进温暖的夜色

有没有人看到我们在手牵着手

有没有人听见爵士乐轻缓升起的旋律

有没有人向往还不曾发生的分离

有没有人会在将来怀念此刻

有如，怀念生命之火终将熄灭的祭奠

怀念这永恒的熟知的片刻宁静

蓝色时分，短暂的美

原地

瑟缩

你刚刚用了这个词

为什么不可以

时间本来就是，只在原地行走的巨人

黑夜白昼，光和影

清晨树枝上蹦出翠绿新芽

罂粟花迎着晚霞灿烂盛开

蝴蝶与仓鼠结成同伴

卷心菜偎依着金色百合，在漆黑石阶上

吟唱岁月无声消逝的歌

野草从窗外灌入，奔跑

沿断墙残垣一路奔腾蔓延

绿蔷薇攀附屋檐肆意生长

蒲公英匍匐在地

宣告活着的快乐

世界如此繁茂多彩

偏偏是你，在瑟缩

你瑟缩在原地

瑟缩在宇宙中心

一动不动，观望日升月降

观望几百万次相同的一天

任晶莹露珠铺满肩膀

观望云朵极速跨过天空

星星在遥远天际密集坠落

那些，无穷无尽的万般光华

啊，发黄了的书页，疲倦的旅人

用什么才能阻止大自然的丰饶与麻木？

那永恒轮回的欣欣向荣的生与随心所欲的死

在时间大地之上被均匀分配

新生的覆盖死亡，死亡又给新生奉上最虔诚的赞美

一圈又一圈，再一圈，枯荣更替

无数次寂灭，又无数次醒来

依从你，在原地

一夜的天使

有一艘船
停泊在远方
远方是海，是静寂，是幽暗的辽阔
在没有边际的辽阔中
我看见你，从容向我走来
带着笑意的挺拔身姿，仿佛月夜之神
棱角分明，不羁的轮廓
挟裹海的腥味与动荡，生机勃勃

你来，送给我
一只愉快的自信白鸽
那一刻，繁星低垂
那一刻，我爱上了你
清澈的香甜的迷失，顺从
我离开了我，我找回了我
一个美妙无比的深蓝色世界
摇曳的微风从远方送过来
一波又一波，滑过我

滑过夜的海，滑过远方的船

滑过所有已知未知的甜蜜和温暖

滑过存在与虚无

闭上眼，碰触天堂

我看到晶莹露水从天际坠落

浸透全身的瑰丽色彩

在柔软腰肢上开出浓烈之花

嗅你，吻你，阅读你

唇间指尖的燃烧

自由和舒展，活着，呼吸

在掌心画一个又一个完整的圆

是梦还是清醒？

做我一夜的天使

再没有比这更美丽的姗姗来迟

清明

当人们为逝者哭泣的时候

我却暗暗欢喜

呼吸是一种搏斗

为了向世界证明存在

我们制造种类繁多的游戏

物体、空间、光和雨、天空的颜色

带着激昂的勇气跋涉高山

背负坚硬的壳潜入深海

我们奔跑在原野，张开双臂

试图把整个宇宙揽进胸怀

我们贪婪地吮吸，目光所及之处，追逐

活着的种种美好

哭、笑、疼痛、镶满钻石的桂冠、掌声与喝彩、花朵、爱

喜悦、嬉戏、恐惧，给一切标上价值，完成一个又一个

既清晰又模糊的坚定与瑟缩

生动的肉体

新鲜的欲望

无休无止

我是谁，世界是什么

逝者的欢喜在告诉我

终极的幸福时刻，是回归尘土

昨天、今天、明天

彻底消弭时间的概念

真正的放逐与解脱

活着的人死了的魂

拥抱坟草青青

在沉寂墓碑上

相聚，刻入永恒

定格

还记得

那一日风的颜色

空旷透明，细绵悠远

你朝我俯身，宽阔的额头优雅冰凉

你肩膀后的天空，湛蓝清亮

海的热情与丰沛

吹拂着你的衣袖

如同吹拂一张即将启航的帆

没有人告诉过我，抵达之后的爱

会不会有玫瑰彩虹从心间跌落

隔着尘封的玉台

就像是，还在昨天

昨天，你扬帆，驶进我的港

在昨天里

只有拥抱，没有离别

是谁的手，抚过岁月洁白幕布

在暗夜中印照出光

轻轻推运，云朵般的碎片记忆

停留在那里，停留在昨天

停留在如水般清澈静谧的温柔时刻

把时间的皱褶，接近枯萎的美

描画成永不复返的

花的娇艳，定格

七夕

等待你
用遥望的姿势
远隔沙漠星河，守望那
已知的，未知的，故事
在一年一度的天幕上重演
无声的节奏，沉默的语言
你听见了吗，这触手可及的音乐
踩着鼓点，踩着黑夜，踩着猫头鹰的肩
踩着昼夜更替的金色舞鞋，款款到来

捕捉你灵光闪现的美
一刻，刹那
碰撞轻盈饱满的灵魂
扇动爱的翅膀
在繁茂云海，盛开黑色的花

那一座桥，连接
你的脆弱，我的温柔

那不是我

那不是我

你所看到的欢腾殷红的唇

跳动的心脏，光滑幼嫩的眼睑

常开不败的肌肤

繁茂如枝丫盛开的浓密黑发

在恒河两岸写满仿佛触手可及的生命的诗句

那些妩媚迷人的气息

都不是我

我不是我

我已埋藏于大地

在光影跳跃掠过屋脊的时候

在黑夜疾速换取白昼的更替间隙

当长风呼啸奔跑追赶青春

当衰老与死亡共奏出美妙音符的欢乐时刻

我把我所有的呼吸、鲜活和放纵

——埋藏进芳香大地

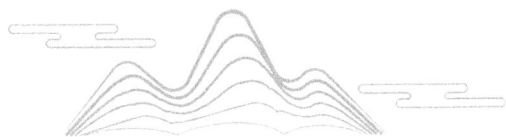

已死的，熟悉的

叹息哀荣，催生的绝望与希望

一律，扼杀

任翠绿嫩芽穿透身体

缠绕攀爬，肢解梦境

粉色花骨朵，春的意志

在手肘，在肩窝，悄然盛开

盛开的沉寂的，那不是我

那是冰凉铺满，灵魂已然消失的

空了的壳

小憩

醒着
意味着
有感知
看得见光，闻得到花的香味
肌肤温暖凉爽，唇间有微热
指尖伸出，触得到幸福

嘀答声
时间或停滞，或流逝
或跳跃如雏鸟的羽毛
柔润亮丽，轻盈美好
有你在的日子

醒着

意味着完整

灵魂栖息地，自由呼吸

一样的心跳

一样的脉搏

一样的韵律

拥抱你，一如拥抱整个世界

用近乎死亡的美，进入梦境

心有猛虎

细嗅蔷薇

瞬间记忆

窗外，沸沸人声
初秋的深红，与盛夏无异
只是，蝉停止了鸣叫
荷花折入泥海
浓墨翠叶渐渐疏淡
蛙儿不再喧嚣
街道尽头处，尘埃静寂悬浮

揿下快门的一霎
你就不再是你
停驻在时光间隙
存在即是虚无

没有连贯的延续

只有消失

渐缓消失的岁月

形成生命的语言

借一双穿透年轮的眼

窥视活过的痕迹

叠积的停顿

切割画面，你成了记忆

跟随夏天远去的无声脚步

无论何种寂寞欢喜

与发生过的一切

都永远分离

雨

小心翼翼

你是凝滞天际的雨

你是荒漠孤烟

你来，你在，你安好，你离去

沿岁月台阶缓攀而上

你伸展长明灯的淡泊身姿

来穿透我

进入我的幽暗

承接你

有一种燃烧

汇成细细密密的雨

它慢慢渗透

褪去我层层包裹的壳

融化我，至灰烬

雨，是你

淹没我所有的清晨与黄昏

淹没欲望与希望

你是永不可逾越的国度

万般温柔之后

被洗刷的肉体

你慨然赠予我

孑然一身

海

你总喜欢覆盖着我
在每一个偶然醒来的清晨和黄昏
你轻轻抚摸我的唇
问我
爱是什么

那一刻，你没有影子
只有冰凉的温度
我握着你的手，迎向你
在你的眼眸里
一汪蔚蓝的颜色
如海，如夜，如寒星高挂天空
不能碰触，一碰触
蓝色的珍珠
就会成串成串掉下来
海离得那么远，海在天际
爱是什么

是静寂相守还是抵死缠绵

美好的海安静的海

我想告诉你

爱是你的放肆和柔情

是没有文字的诗篇

我想告诉你

我忘了告诉你

爱是你的呼吸和温暖

是遗憾，是分别是错过

是你尚未丰满却渴望飞翔的羽翼

爱就是全部的你

是注定的归去

是隔着海，远离

蜜糖

别说你爱我

我只听到嗡嗡蜂儿飞过

要微醺，还是要清醒

晨光包裹着温软香味

红晕褪去花蕊

偏爱这小醉

在醉里想念你

想念你的指尖

想念清新美好

想念那已逝去的

来自春天的花马少年

某一天

这只是，某一天
平静平凡的一天
我突然想起你
想起很久以前的从前
在那里，有一扇
长在悬崖顶上的门
门内是未知，门外是静寂

我看到自己，在走向你
悬崖是天梯，既孤独又美好
夜风清凉扑面
置身在你的世界
一如置身金黄枫叶
层层叠叠晕染
悲伤的甜美
漫长的每一个瞬间
在虚构世界

就在那天，某一天

我走过你

有如走过沉默厚重的书页

一页页，翻过冗长季节

浅浅的你，浅浅的我

再没有昨天

也不需要将来

不去回首，即使回首

亦，找不到已然失落的自由

旅途

迷恋离开

每一次的离开

都是

全新的未来

奔竞在外，天空就在眼底

昨天的笑容已远远抛在身后

下一刻在遥遥招手

期待不曾发生的故事

所有的往事皆已成诗

从零开始

成为小孩

自由的孤独的旅途

迷恋，书写

截然不同的时光

在旅途中虚度

边书写边遗忘

持续的短暂的快乐

一程接一程

十月

晨光微现

静寂渗透房间

白昼的尘嚣还未升起

梦境已远离

梦境里，一大片

郁郁葱葱的青草上

有个少年在策马扬鞭

皎皎面容，宛如明月

爱你年轻时的模样，还是

爱你终将发生的苍老

带我走，走去天边

抑或任由我停在原地

没有故事，怯弱如我

习惯了把浓烈玫瑰收起

静悄悄把爱，在幽深月光里掩埋

天空在延伸

万物在疾速生长凋零

没有声音，我在尘世之中遥望你

庆幸一切都没有发生

我可以依旧爱你

爱你那些永远不需要违背的诺言

爱你，那么近，那么远

在这个慢慢消失的十月

走过秋天

我正在，走过秋天

踩着阳光渐渐消失的地平线

沿着金色铺满的晨昏街头

去跨过你，跨过每一段

不可逆回的光

天空如此深远幽蓝

山峦无影，甜蜜

这是收获的季节

是谁在沉溺无边悲伤？

你扬起微风

送来冬季信号

如同情人的吻

落在我眼睑

不紧不慢，冰冰凉

送别秋天，走过秋天

那颗已然摘下的果实

如同离去的秋天一样

不再，晶莹饱满

就是这样，只是这样

玉

夜

慵懒

心无挂碍

建一座独木桥

为你，为我

桥在云深处

一端是梦想，一端是生活

我们在桥中间相遇

从容安好，肃穆神情

不是为了记取

而是为了辜负

在清晨，在晚间

所有，与你在一起的故事

辜负窗外疾速流逝的灯光璀璨

潮起潮落，无穷烟火

守光影流年

繁华落尽处

美玉皎皎

涅槃

冬至

雪还在远方，不曾到来

我终于开始想念你

想念那些寒冷的夜

透明的夜

岑寂是一串又一串冰凉的珍珠

落在我肩膀

轻轻渗入，吻在我肌肤

孤零零迷人的你，万般温柔

那时候

不曾被抛弃的时光

你的思想我的思想

一起空荡荡

雪与夜，爱之果

幸福坠入，依稀仿佛

等待太过漫长

雪什么时候会来？

我盼望有一场飓风

从城市街头穿过

带着烟火与雨露

赐我，凛冽彻骨

冻住时间

以你的名字，呼唤我

两个人，一个世界

用丰厚的雪为彼此加冕

此一

今天
望见冬日初阳
从城市天际洒下，没有预兆
突然，出现了你
年轻如昔年轻如昔
陌生的轮廓，熟悉的躯体
你轻轻一抿嘴
霜花在浓密的眉上闪闪发亮
姿容优雅的你

尝试也许很容易？
沿着你的脚步，走向雪白的，洁白的
一座波纹的桥
连接起孤独的岛
灰蒙蒙的街瞬间被镀上了银色的光

有天使的羽毛在轻轻划过我眼睑

如果时光可以

随我所愿尽情延续

那么，会不会有，深藏在心中的火焰

被点起

真想问问你，想问问你

终究还是沉寂

那一刻

这一刻

万物静默如谜

从此，我开始等待一个谜底

此二

夜，风的形状
菱形心形圆月形弯刀形
穿过我肋下，肩膀，发端
汇聚形成细细密密的网
亲吻我，拥抱我
诱我至梦境
与白昼远隔

有人告诉我
每个乐于挥霍的瞬间
都不算浪费
是我不明白生命的问题
还是他不懂人生？
时光淡漠，在甜美夜空下呈现优雅之美
你魅惑的笑，轻易的笑

有如在满院盛开芳香花朵

在这个火热冬季，沿幽深石阶

一步一步，走向你

浓黑的眉，弯弯的眉

走向你，即是走向快乐

承接你俯身的力

触碰你，爱你，没有别离

此三

清晨

世界还未苏醒

夜的岑寂未曾褪尽

梦已醒来

呼吸，亲吻冰凉的空气

望不见黑色无边，铺陈眼底

有声音，在很远很远的远方

传来，流过耳际

时间、分秒、嘀答、细数

我的梦中的青色骏马

在一步一步离去

无声无息，华美无比

墨绿色的温柔

梦中的你对我说

你在找我

你要迅速找到我

要为我，筑一座城

安放一颗心

此四

很早以前，就已经为你
写下诗句
遇见你之前
我在三重影子里
置身幽暗城堡
独自织起厚厚的茧
静静安睡
岁月最美之处在于停顿
在超越了爱的爱之上
我试图让你明白
无雪的季节
亲爱的你，只须欢喜
其他的，交给我
韶华流水，请允我
为你抹去额上的波纹
那些纷扬琐碎的攘扰
一律摒弃，远离
我只须沉醉你的复活
你只须沉醉我
在醒来的今日之后
但行前路，不问西东

雪人

去到空旷山野

堆一个雪人

在雪地上

留下一串脚印

远离城市，远离人群

去安享一种寂静，曾经

温存的嘴唇度过的极乐时辰

音乐般有着韵律的爱抚

逝去的世纪，抛在身后

火热的冰凉的手捧起

俯身大地，俯身茫茫白雪

把灵魂埋进去，层层覆盖

放逐，空壳躯体

用洁净的雪无言的雪

塑一个分身，拥抱

仿佛从此

不再独自一人

船儿

楼下

那里有个陌生人

站在清晨里

半抬头

一动不动

他在静静观望路灯

我在静静观望他

天色已明，天色未明

他在等待谁？

枝丫繁茂的灯下

他一动不动

隔着大片盛开的玻璃霜花

我的鼻尖嗅到了丰腴的寒冷

他在等待谁？

恍惚有船儿划过

我见他在招手

朝着虚空的方向

我看到了船

没有看到桨

船儿到来

船儿离去

他的招手的样子

太过温暖

温暖到，以至于

我想跟着他一起离去

跟着他，一起去到

寒冷的虚空里

成为那个

被他招手，被他等待的人

站台

这一座岛屿

拥挤陪伴着空旷

许多个平行小宇宙

组成无数条青色的轨

弯弯曲曲，延伸到远方

安静的站台

一边是相聚一边是离开

存在的当下，停驻

这些来来往往的人

是自主的木偶

还是被禁锢的灵魂?

站台无语，送别

与我依依不舍

我是其中没有例外的这一个

在离开的瞬间

我的 V 先生

我是如此想念你

想念你，到极致

眠

不知不觉

爱上冬天的壳

渴望被拘禁

不须思想，更没有动荡

纵身投进怀旧的恋新的祭台

今天既是过往，也是将来

还记得，那个年少时许下的

不曾实现的梦想

去往世上任何一个地方

去生活在别处

或海岛，或村庄，或是无尽的荒原

去做一种改变

幼稚的梦想非凡的梦想

别处即是此处

沉醉在冬天的满目空旷

自欺自恋地清醒着，偷笑

望见每个人

都在忙忙碌碌织造自己的茧

在恒久、进入生命的睡眠

并不会有其他不同的意外发生

你，我，他，

早已习惯如此，快乐地习惯

用一种庸常，替换另一种庸常

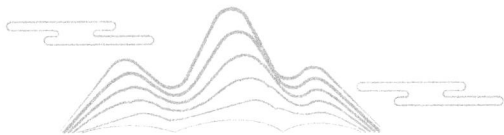

迁徙

有没有人会爱上
重复的迁徙
从一处，去往另一处
在遥远的陌生地
分饰每一个不同的自己
有没有人会承认
这是一种迷醉
一个人的天空
生机盎然，自由自在

去造访那些从未造访过的地方
见那些从未见过的人
去探望全然新奇的街道
打开一扇又一扇

躲藏着秘密的关着的门

去触摸另一种真实

让时空与时空重叠

尽情享用，那些

因为未知而呈现的神秘之美

给悄然消失的岁月

涂上金色的印记

不虚度，每一秒

迁徙

任时光的音锤

一下一下敲击

心未离去，身已万里

绿皮火车

拥有一种情绪，一种思维状态
就是灵魂的显现与赐予？
无遮无掩傲慢的快乐
你问我，我在爱着你
是爱你有趣的思想
还是爱你精美的皮囊？
你不停地追问
带我去坐绿皮火车
你是彻头彻尾的孩子
携带一束光，你把它
折成一只船儿
安放你的心，在船上
船儿划向我，划向我的美丽的腰肢
你对我展开盛世笑颜，十指相扣
我们在空荡荡的车厢里，在海里
你央求我，要我用深海一样的蓝色肚脐
把你淹没

将来

那一天
为你抽中
第三十五签
难抑，怦怦心跳
神秘的文字，欲言又止
与我的祈愿那么近，又那么远
是未知的命运在昭示虔诚的戒语
还是在提醒一种预言？
仿佛听见，情人的声音，在靠近
弹奏音符的手指，如雪花跳跃
无数个欢娱，滑过肌肤，爱的吉光片羽
热血涌动下克制的冰凉
一想到你，我就安静了
如同想到，白色莎草纸上书写着的将来
远方的潮汐，层层叠叠
一颗心免于破碎的安静

银色座钟不紧不慢

呼吸，摇摇晃晃向前

在年轮将逝时，带我漂向

那片无边无际的自由之海

用你最漫长的白天

覆盖我水草般疯长的

思念着你的幽深黑夜

你在那里，我在这里

消融了时空与距离

我们在将来，相爱

圆

不曾有约
世界尽头处
重逢在街灯璀璨的另一国
绕过半个地球来看你
你带我，去看那座红色的桥

终于，这梦中千百回的红色的桥
在你的手边，我的眼底
如天幕一样徐徐拉开
大朵大朵雪花从桥上飘落
这纷纷扬扬的我的情欲，你的爱意
飘下来，落在
你的眉，我的心
啊，我的美少年
请允我轻轻碰触你的唇
让寒冷和悲伤都统统远去
只在此刻，伴着时间的旋律
与你，再共舞一曲

依旧是你，美好的你
三百六十五天
之前，那偶然的夜
彼时的指间温暖
连接起消失的岁月
画一个完整的圆
从终点又走到起点

贝壳

海边

偶遇一枚贝壳

静静合拢双翼，在安睡

纤弱孤独的星球上

不为人知的生动的美

没有人走过

这空旷的冬季沙滩

微风吹过，探索

潮水在远方

笨拙如我，倾倒在你的沉默

没有理由的恋慕

无端升起

想拥你入怀

把你安放在我掌心

想告诉你

我有温暖

偏又深知抵不过，海对你的呼唤

不是所有的偶遇

都会有美丽的结果

有些故事

只有开始，没有后来

终究还是收回

我渴望的手

没有碰触你

留你，在原地

离别

悄无声息
光从指尖渗透
白色的月，在天边
黑色沙丘延绵不绝
大西洋吹来海风
扑面，柔软的爱恋
如细细长长的尖刀
一寸一寸，慢慢刺进我的身体

饰演
一场离别
隔着年轮和海
你听不懂我的语言

黄昏

酒神的面具
躲藏在黄昏之后
风追寻欢愉
沉默不语
越过重重沙丘
你靠近，低垂
使我闻到玫瑰的香味
一瓣覆盖一瓣
层层叠叠芬芳
迷失在无边深海
嗅你，品尝你

遗落在时空里
被唤醒的是谁？
再不会重来
那些黑夜
每一朵暗香
把空白记忆，填满
你的心跳
我的温暖

三月与谎言

昨天，对自己
编了一句谎言
我说，我被爱着
被你爱着，在三月

早春的阳光照在窗台
生机盎然，绿萝覆盖
每一片绿色叶子
都是我满满的欲望
微尘飘浮在阳光下
那，流光溢彩
金色的爱的喘息
沿着你敞开的胸膛
大朵大朵弥漫开来
每一粒，都是你
你把我浸润
允我爱你
爱你，让我透不过气

短暂的三月

枯萎的昨天

谎言那么的美丽

你安然戴上这份美丽

成为我的传奇

我没有告诉你

绝不会告诉你

你的爱，再怎么美丽

也抹不去，我和你

遥远的距离

唇

重逢
在陌生城市
另一个你，另一个我
夜幕轻软
陷入，流沙
我在寻找
已然流逝的时间的碎片
想念多年前的你
留在我唇上的印记
呼吸，木槿花香味扑鼻

依旧是你，从容的你
旁若无人的幸福和忧伤
相撞，不慌不忙
亲吻你

白色的你，黑色的我

欢笑可以如此轻易

镜中的人，双面

浓缩到0.0001毫米的距离

闭上眼，沉入黑夜

借你温柔的手

在这芬芳三月

为我抹去，岁月痕迹

那时候

夜半
静寂
静候
记忆到访

窗外，沉睡的青山
连绵
窗内，不在了的人
不在了的，回忆
那时候的我
是怎样地被爱着
被爱着，欢度时光

错过了时光

那时候的快乐

除了年轻

一无所有

一切都未曾开始

而此刻的我，这般的

怀念，一无所有的快乐

怀念，那时候，所有

未曾开始的开始

一间自己的房间

在梦境深处
造一间自己的房间
房间，不需要窗
也不需要门
只需要，一盏灯
灯光可以暖暖，也可以幽静
在房间里，涂一面蓝色的墙
假装是天空
灯光把天空照亮
自由自在，不被打扰

这样一间自己的房间
绝对的隔绝
用来陪我，寄放
我的灵魂
赤裸裸
自己与自己对面
越封闭，越美好

间隔

我穿着一件红色棉衣

在清晨，排队

沉重的棉衣，包裹着我

把我，包裹成冬季里的一颗卷心菜

我没有看见太阳

也没有看到清晨有光

我只是，突然地

闻到了春天的味道

那个少年

在队伍里

穿着清凉的白色T恤

不远不近

恰到好处地

间隔

白色少年

从前

有一天

在那个

金色的城市

街边

有一株橡树

橡树下面

等待着一位白色少年

那天的阳光，明媚透亮

和阳光一样明媚的少年

走在我的旁边

城市安静，细缓的风

从远方海边慢慢吹过来

吹拂着少年和我

吹拂着我们脚下的亮闪闪的街

亮闪闪的城市在眼前

推动着时间，推动着我

推动着少年

回到过去，回到从前

我的梦中的白色少年

是你，唤醒了我

那个我

手指灵动轻巧

腰肢柔软纤细

我的青春修长的双腿

如小鹿般敏捷有力

我的清澈明亮的眼

望着你，望向你

啊，若不是你

我的白色少年

我几乎快想不起来

过去的我，是那样的幸福又美丽

壳

是谁

在我尚且年轻的时候

为我披上了壳

是谁在我光洁额头落下了吻

不经意间印下了深深的诅咒

困在记忆里，我的记忆

是一片漆黑森林

隐匿在岁月深处

那个你，是我，梦中

那朵静寂不动的云

是压在我胸口的时间的碑

如荆棘，如烈火，滑落喉间

一层层剥落

剥不开，沉默的壳

纵使，这一个你

许以温柔，恩宠于我

原谅我，当爱来临时

我依旧是，做了逃兵

桥

带我
去看桥
红色的桥
只为我存在
一年一度
跨越几千米的海
和你，一同去看
阳光映照在桥上的风景
去感受，悬崖上，凌厉的风
远方，那个闪闪发光的城市里
住着谁？

每一年，你都会问我，是否来过

认认真真的表情，盈盈笑意，满怀忧伤

每一年，我都摇头，用初识的神情

迎着你的笑意，你的忧伤

静默，陪伴你

梦里梦外，不可解的死局

桥在那里，我在这里

纵使再来千百万遍

在湛蓝湛蓝的天空下

我依旧是会错过你

错过从不下雪的冬季

蝴蝶

在我的心中
住着一位少年
那是，躲在沙丘后面的
我的爱，如同
一只五月的蝴蝶
如影随形，悄悄跟随我
少年的粉红色的骨骼
是蝴蝶的翅膀
风吹来
翅膀轻轻扇动
一会儿停在我的胸口
一会儿停在我的心间
微弱的疼痛，频频

我的漂泊的蝴蝶少年
可否为你，种一株玫瑰
或，播散一片花海
留你在我心，那么，即使
春天离逝，夏天将至
你也，永不会老去

三十三度

他，无所事事
躲藏在
三十三度的壳里
凝视窗外的雨丝
眯眼看城市灯火
怀着敬畏的心
去探究，勤勤恳恳地
生活的模样

被沾湿的翅膀
无法洞悉生命的核
触角收起来，意识关闭
沉默的左臂和右臂相遇
笑了，或哭了，一律

静悄悄

谁都无法学他的样子

那样的静悄悄

那样的孤零零的一个人

孤零零游走在这世界

孤零零地享受

薄如蝉翼的孤独

享受，停滞的，无声的

三十三度

礼物

你说
你想送给我
七颗，肥皂泡
赤橙黄绿青蓝紫
为我奉上，所有你最爱的颜色
陪伴我，每一个深陷无眠的夜晚

你说
你愿意自己
是无边无际的白
一无所知一无所求
随我任意，来填充我想要的梦的色彩
成为我，唯一的被重重黑色包围的虚空
成为礼物
对我
许下第一个愿

许下第一百个愿

浸润着你的

绝不可从他人那里复制的爱意

成为我的独有

为了这样的礼物

为了安放，你的虚空

我着手搭建夜的高塔

用黑色的虚空换取白色的虚空

一夜一夜，一层一层

眼儿紧闭，心儿紧闭

我的冷静，你的欣喜

情人

约我，去旅行
一起飞往三万英尺的高空

俯瞰大地，脱离
重塑一个全新的我，全新的你
去往全新的城市
与你，手牵手
看他国阳光
洒在你流光溢彩的年轻的脸上
那些寻寻觅觅的欢乐
不再隐藏
我的美好美妙的情人
很快见到你
爱就是你
你的因快活而轻轻燃烧的眉
你闪闪发光的额头

你修长白皙的灵动的手

你散发着浓烈芬芳葡萄酒气息的火热的唇

爱就是你，你的牵引着我的

太过专注不由自主的忧郁的眼睛

试图走近却总是欲言又止的脚步

爱就是你，去忘却

不再做海边孤独的礁石

享受碰触的愉悦

被清凉浪花一遍又一遍亲吻

周而复始的缠绵

爱就是你

是重复的消失

是实现

匿名

喜欢这样
看着窗外的光，在一点一点亮起
没有声音，甜美的安静
黑暗用优雅无比的姿势
在渐次消退
恋恋不舍，告别

梦到蚯蚓和泥土
长在我的左手手腕
连着手指
绿色的草在生根发芽
类同青苔的美，冰冰凉
一寸一寸慢慢爬过肌肤
紧紧依附，略带诡异的赏心悦目
在七月的第一天
躯体成为静止，成为虚无

沉醉在这熟悉又陌生的虚无里

不愿醒来

爱蚯蚓和泥土

还是爱清晨的光？

仿佛停顿的此刻

跨过界线，仅仅需要一秒

若时间可以凝固成琥珀

我愿意自己是一枚匿名的微小的虫

深陷其中，一动不动

微小的虫在祈祷

祈祷那个遥远的近在咫尺的七月

永不到来

明天

假如我将永远闭上眼
你会不会，为我感到欢喜
还是惋惜
或者只是望着我离去
静寂，不发一言

假如时间愿意停止
你的清晨，会不会
为我的黑夜奉上露珠
献出你的年轻与美好
觅着薄雾而来，陪我虚度
对我欢笑，许我誓言

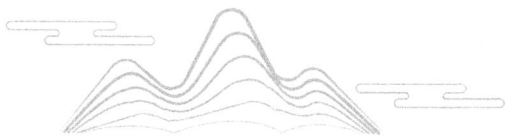

假如明天真的存在
你是不是，从此可以释然
一切只如初见
还孤独给我，任我无惧无畏
深拥我，在我身上
尽情雕刻你的战栗与欢歌

假如，不，没有假如
夜来临，只有梦境
沉溺梦境，灵魂飞越界限
所有的爱都将被原谅被消解
在明天，将一律被放弃，
我的呼吸，你的知觉

水泥森林

如果可以
我希望头枕着青草
仰躺在大地，无拘无束
无穷无尽地嗅着春天的气息
如果可以
我希望骑上骆驼
丢弃生活，去行走在沙漠
为了一场永远不会降临的雨
在沙漠里自由自在地哭泣
如果可以
我想带上你，唯一的你
挽起你苍白的手臂
去迈开那第一步
第二步，第三步
离开这水泥森林
去寻找一方寂静

几百步，几千步

去跨越生命的巍峨

不让那有形的无形的圆圈

圈住你，我要深深地感谢你

感谢你对我紧锁的大门

使我知道，在此之外

还有另外一个更纯粹的世界

欲望和悲伤，本不应该被隐藏

无论年少或年长，一朵花，一枝玫瑰

树木、湖泊、绿油油的稻田

离开水泥森林，只在这一个春天

带上你，带上这一切

这一切，都属于我，也属于你

牵手时刻，彻底逃离

去等待，去守护最后的美，看

洁白月华与落日红光交替在天际

独白

黑色的夜，雪白的羽毛
有一些话语从异乡走过来
在醇香酒杯中慢慢融化
头脑比天空更辽阔
穿越时间的长河
一颗灵魂醒来了
另一颗灵魂还在沉睡
我就是爱如此
如此看着它
看它忽而驰骋千里
忽而又囿于沉默
我们攀上层层峰岭

在云朵中轻快地俯视

数一数，留在岁月中的那些

被埋藏的记忆的根茎

它们，如此庞大，如此温驯

它们，如此安静，如此崭新

悄悄地安抚，不会被发现

万物都在你的眼眸深处

我们没有说话

只是饮酒，饮酒，饮酒

一杯又一杯

言语的美，独白的美

五月

五月的一天
木棉花从七十四层的阳台上落下来
一朵、两朵、三朵、无数朵
这些在黑夜城市无声绽放的
金色的、粉色的、白色的花朵
它们沾满清晨的露水，从天空坠落
死亡的香气，扑鼻

一张叠着一张
通往异乡的车票
直白的殷切的盼望
流浪的站台上，人来人往

我一点儿也不会惊讶

如果此刻你对我说，你爱我

离开与未知给了你勇气

坠落的花朵在宣告一种重生

只有出发，没有归途

远方的呼唤是海

铺满在回转的道路

我看见你，看见阳光从你头顶洒下

那是初夏的颜色与炙热

可以了，就是这一刻

白昼未逝，夜晚未来

我心甘情愿沦陷

沦陷在你

金色的眼窝

沦陷在这，生机勃勃的五月

五月，绿

没有迟到，并不缺席
当最后一抹稚嫩的颤动消失
穿过活色生香的躯体
记忆幻化为梦境
温顺的青涩的完整
不曾成形，未经抵达
辉煌的庙宇在远山
远山重重
长途跋涉的美羞于欣赏
只善于把垂向深渊的语言
藏得更深一些

让拥有成为符号
让过去的发生以恒久不变的姿势
轻轻停留在过去
自私的甜美的软弱

通通褪去，不再有

沉重的壳

静寂中有一种蜂鸣之美

阳光照进黑色泥土

再没有比孤单更孤单的孤单了

那些死去的丁香被抛弃在四月

永远永远

在隔了一天之后

灿烂热烈的夏天

带着满眼喷薄而出的绿

许多个今天，许多个明天

花蕊与果实同时盛开

跟着五月的脚步

轰鸣到来

如果是你

预见

如果是你

会怎样

那天的风，那天的雨

全新的清晰侧颜

是否，可以成为深刻印记

熏香的空气里

弥漫着，温暖，青草气息

当我们散步时

当我们走在沙滩，在荒漠，在深海

当月光从漆黑天际顷刻洒下

如果，那段时光，回转

是不是，就会重新书写

所有的告别

你不再是你

我也不再是我

那火红的土地上，是否尚有

不曾被折断的翅膀

我的鼻尖，是否

能闻见白昼的芬芳

一颗叠着一颗

如你般，美好清新的绿色

在之前，在之后

呼与吸之间的片刻罅隙

是否，可以去拥有

云之上，双重的生活

把所有的想象力

引向我，引向你

夜晚

如果不是城市一寸一寸在融化
融化于渐渐静默的你的双眼
如果不是蓝色纸灯一盏继着一盏
从幽深远古的长街传递过来
如果不是猫咪在无风的窗台上
吐上一个长长的哈欠
我怎会这么轻易就知道
白昼已然逝去
我又怎会知道
在这些阻止不了的时刻
有一种沉默
在渐渐离开

侧耳倾听，听到
悄无声息的许多种死亡

随着光的消失

昭示着夜晚的到来

当黑暗一点一点渗透

冰冰凉凉

我最爱的维纳斯

断臂的温度

眼看着，天空

沦陷为，凶猛的海

失眠

失眠了

在黑暗里

与祖先交谈

与细胞交谈

与空气交谈

与昨天交谈

与未来交谈

她的非常准确的、每三秒钟眨一次的眼

注视着虚空

一动不动

黑漆漆的虚空里

有许许多多个故事，人物

他们在排着队，密集地，匀称地

坚定不移地朝她走过来

没有言语，不需要言语

只是用不停地排队走过来的方式

在告诉她

你别睡，别睡，不用睡

请保持失眠

你的失眠就是清醒

是你活着的最深刻有力的证明

美妙的清晰，失眠

站在死亡对立面

用失眠来感受活着

虚空里观望到充实的快乐

快乐的队伍是如此齐整

成群的青色马儿轻盈跑过雪白的草场

消融于黑夜，不留一丝痕迹

来了又去，去了又来

祖先们在偷偷地笑

细胞也在笑

空气也在笑

昨天和未来呢?

他们，不见了

突然

逃了

消失了

两端空寂寂

来无来处

去无去踪

时间飘浮着

时间停滞

嗨，夏末

跟随你
轻快的脚步
闻着晨风
嗅，草木的气息
行走在，美妙山野
一起，钻进森林，沿着夏的尾巴
看，阳光，一小片，一小片
漏进来，跳跃在，你肩膀
如水波，如鼓点，如清冽的溪泉
亮闪闪，甘甜

行往天堂的路
攀登，一节一节
远离尘世，远离昨天与明天
喝一口酒
听一曲音乐

点一把篝火在深夜

尽情享受，这些

灵光乍现的孤独

请再给我一点

只要一点点

再给我一些新的诗句

我就可以，无所顾忌

纵身，跳进山谷，跳进深渊

跳进你虚构的唇

吮吸你，灼热的吻

在这一座山里

我的情人

与我一起

在夏末

孤岛

两支，白色蜡烛

烛光中，摇曳的孤岛

忽明忽暗，阴阳两隔

在暗夜，远方有大海，无力

山风静谧，呜咽

问候与道别

匆匆一瞬间

陪伴，不在了的虚空的你

虚空的此刻的你，在哪里

那些已然消失的笑靥

走过的时间，没有语言

清晨四点四十四分

梦境未逝

世界尚在沉睡

留我在孤岛

未醒

静静，静静

且听风吟

随便

随便去一些地方

随便见一些人

随便笑笑

随便饮一杯酒

随便勘破一个秘密

随便聊一些话

随便印证一次幻象

随便用万分的惊喜去对应一亩万分的凉薄

随便数一数已然丢掉的珍贵

随便抬头向天空行三秒钟的注目礼

一动不动

若心情好

再随便哭一哭

把时光随便抛掷

黑漆漆绿莹莹

月光阳光从天际一起洒落

看，城市灯火里

随便的生命

这么多，这么多

许许多多

虚无

是突然
想起你的名字
还是
由于冬天的风
突然吹迷了我的眼

你说晚安

还好
我们只是沉入黑夜
我们离虚无
还有一段时间

活着

在很久以前
有人曾经
用树木的方式活着
把长长的根须
深扎于黑色的泥土
枝叶摇曳
繁茂
把每一片叶子
高高伸展于天空
愈往上
愈快乐

也有人
用细草的方式活着
顺从于大地
根茎相连
延绵无边

你中有我

我中有你

枯荣朝暮

轮回

而今的你

哪一种是你的依倚？

用一个微笑

一次叹息

还是

用多年前

那轮白色的月

只一晚

就储够了

一生

所有活着的勇气

和理由

戒

火红的夜

我们把双手交叠

在街的转角

一尺一尺

去测量

去玩一个游戏

去追问

去平铺直叙

一位死者试图唤起生者

为了，读懂

从熟悉到陌生

需要多长时间

求证

一个字

一句叹息

一抹来不及发现的神色

一动不动的侧颜
指尖行过，那么多，那么多
回忆的厚重的墙上
冰凉的触感

从终点回到起点
在很久很久以前
一串又一串，咒语
早已刻下

关于审判，关于离别
圈住我，圈住你

一天

没有计划

只是这么一天

随意而无知的一天

我突然来到这里

来到命运面前

悬崖边，长风猎猎

灼热的疼痛，从我的脚尖，我的额头，我的肩膀，渐次

延伸到我的双眼

幽漆漆的山谷，在我的眼前

我望着，眼前的世界，世界在

一寸一寸碎裂

世界碎裂，你没有，来到我的面前

你说，下一次，就在下一次

我说，下辈子，就在下辈子

为了宽慰你，我忘了说

你和我的后来

即使有下辈子

下辈子，不一定遇见

我也不会告诉你

在这山谷里，在这立满绿色青竹的梦境

你的誓言，是怎样，在刹那间吞没我

那些不敢问不敢说更不敢想的明天

早已沉入母体，愉快地囚禁

我的躯体你的躯体

在这最后的一天

纵身一跃，湮灭

灯火

爱你，有如钟摆
从左到右从右到左
嘀嘀答答
我的骄傲我的美好
汇成音乐
把世间的所有尘土
写入，永恒的两极

时间的翅膀
躲藏在每一个窗口之后
巨大的黑色羽毛
停滞，收起
你看不见我
此刻，雪花飞舞时
我坐在山峦的拐角
遥望城市中的你
你在空寂街头
静静伫立，无声
看霓虹闪烁

这里

宥于平凡的生活
我和你和神灵在一起
这里
火焰燃烧
溪水长流
云在云端飞
当你倾诉崩塌的消息
我没有劝慰
在内心深处真诚祷告
生命与生命交换
悄无声息
我们没有浪费时光
一半是死的空灵
一半是生的热忱

凝视自己的懒惰、疼痛、无力

凝视完整的生命

当我获得明智清晰的愿望

我会赴命

简洁度日

愿岁月悉数归为优雅的游走

虔诚、不落痕迹、没有悲剧

没有过度的智慧与激情

没有哀怨

饱含深情

完成一个礼物

种一棵树

写一句诗

寄送一粒种子

雨珠倾倒

阳光洒下

一切皆是我的恩师

终止期待

每个细胞投向火炉

人世间千万种沉重与轻松

只化作火苗汹涌，飞舞

来与我嬉戏，嬉戏，嬉戏

拥有同一个声音

千百年前与千百年后

一起融入，泥土

一无所有

今夜
我在眺望
眺望初春的远山
我看到
那座
人间之外的庙宇
你在庙宇里
端坐着

你的双眉
低垂
你的唇边
月牙儿一动不动
你的躯壳
染上层层青色的灰
你在展现，你的一无所有

你是那么的安静
安静成一尊
五千年之前的佛

白发

从鬓角
左边
往上数数
就在，一万一千
一百零一的地方
分叉的十字路口
这一根细细的银色的刺
我把它
剪了下来
小心翼翼地
深怕误解了它
怕是夜晚的微光
和我开一个无害的玩笑
是顽皮还是意外
这雪白的犹豫不决的沉默的使者
它是从什么时候开始存在的？

我是不是

得做点儿什么

总要做点儿什么

面对这突如其来的宣告

关于苍老的信息

至少，要表现出忧伤

或者，惆怅

不，没有

只有，一点点

一点点

不浓不淡的讶然

行驶

从这一处

去往另一处

行驶在黑白公路

喜欢雨

窗外的雾与尘埃

窗内小小的安静的

独我的世界

有音乐

有白色的光

有记忆中含苞未放的木棉花

一朵继着一朵

温柔的香

羞答答，湿漉漉

仿若爱情的吻

那些已遇见的

未遇见的

在路上

愿永无尽头

一切都是未知

穿行在时间轨迹

自由在天际

在眼底

花朵、泡沫

克制的美
微风轻拂紫罗兰
落在心灵水面
爱情的泡沫与花朵
一点点肤浅
一点点深沉的智慧
都没有被打开
轻轻关上一扇门
零点零一毫米的距离
他们各自孤立着
微微的苦太满足
那些稍纵即逝的甜蜜
留在过去，留在将来
一弯细细的新月下
行过街灯万盏
舌尖的吻，五彩缤纷

一瞥

清晨的三点零三分
星星在地底、在天空
微微晃动的风
托住巨大的亚特兰蒂斯
悬浮在城市窗口

把困倦的桨丢往记忆
和过去
来一场告别

宽阔无垠的银河从远方流过来
夺目璀璨，奔涌在我的脚下
一切是这么的年轻
一眨眼，一瞬间
一千个深渊被填满
你的昨天还存在吗？
你的今天在哪儿？
明天，你是否会如愿？

去见你爱的人

去做你想做的事

亮闪闪的眼睛

可见，窥见，望见

许许多多个未来

从开始，到结束

在凌晨的三点零三分

消失的情节

在那之后，夜
同样的地方
微风变成金色模样
暖暖深蓝的水波
一朵继着一朵
缥缈的幻象
回忆漫过堤岸
三言两语汇成很短极短的人生
时间形成厚厚的网
流逝的岁月，挂在
那一轮弯弯的月亮之上
一切，已然离开很远很远

有时，你存在过的有时
胜过永恒，如同
生命中躲不开的
那场雨，轻轻悄悄
在你身后，在之后
追着你，不停不歇

不依不饶，滴滴答答

仿佛已落下

天地间所有的芬芳

洁白的甜美的无辜的

都已落在你的脚下，都在

追着你，跟着你

要问询你一个秘密

而这个秘密，你不能回答

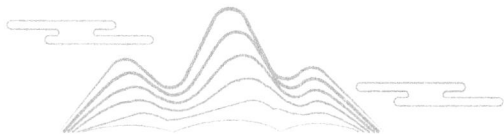

如烟的甜蜜

仲夏的夜
你缓缓朝我走来
蓝色的无欲无求的月亮
款款升于山谷
静默树影延绵不绝，涂上一层薄薄
黑色光华，熠熠生辉

我倚着你
你倚着空气
蓝色的无欲无求的快乐，轻轻
落在我们裸露的肩膀
山谷有水，水的声音
潺潺，潺潺，滑过耳际
有丁香在静默中盛开了吗?
一小群星星，在天边，波纹般涌起
在我眉尖，在你眼角

这山谷，这月亮，这深深浅浅的蓝

仿佛千百年来一模一样地存在着

如同每一个从不迟到的夜晚

总是，不依不饶

静悄悄来临，仿佛一切

只为我一个人失眠

为着这月色，这无边无际

我是这般的欢喜

爱上你，爱上静寂

山

清晨的微风柔嫩
阳光亮闪闪
从山顶，从云端，从天际
一层一层铺洒，掠过
那一株株摇曳的芒草
留下印记
跳跃的、轻盈的、羞涩的
无穷无尽明媚的蓝
在眼底，在远方
黛青树木密密立于山峦

山风如此美好
云朵纯白

我若慵懒，就允许我慵懒吧
这一刻的无欲无求，无思无想
我若沉醉，就允许我沉醉吧

六月的夏八月的夏

一寸，一寸，抚过我面颊

被点亮的眼眸，燃烧着的肌肤

掩藏在清凉浓荫下静悄悄绽放的花瓣

你的吻

你所热爱着的一切，灵魂

你的坚硬，心甘情愿

臣服于，躯体的柔软

在生命行将消逝前驻足

时间该停滞就停滞吧

一秒，一分钟，一丈白天，一尺黑夜

日日和月月

只在这里，唯有这里

夏虫

夜了

夏虫啾啾鸣叫

它们不知道

在不久前的白天

黑格比路过

许多种事物和生命突然就消失了

前一分钟还是朗朗晴日

后一分钟，雨来了，水来了

有人告诉我

你不需要感慨，这世界发生的惨事有很多很多

远远超过你所遇到的

这短暂的一刻

林林总总的困境和磨难，每天都在发生

因为每天都在发生，所以

就不必讶然了吗?

有人在哭泣，是不是全世界都得下雨?

欢笑是一种罪过吗?

只要还有一个灵魂陷于地狱，是不是

所有别的笑容都会成为耻辱?

有菩萨曾立誓言

地狱不空

誓不成佛

可惜，我是凡人的躯体

缺乏把全部人类悲剧揽在怀里的勇气

这样的平凡的躯体

既容易爱上不可名状的狂热

也囿于深陷，一伸手

就可触到的刹那

恒久悲伤

总有许多种类型的死和生

在不断交替

在蓬勃生长

如同窗外不知疲倦啾啾鸣叫的夏虫

今夜的它们是我，微小，喧嚣，无力

而明天，又是另一批夏虫出现

你是如此

我也是如此

知了

夜，夏日尾声
知了在窗外
叫得剧烈，惨烈
是恋恋不舍，还是
庆幸终将离世的心甘情愿

黑暗中恒久不息的
喘息，此起彼伏
仿佛从此，下一秒
绝迹

怎么会
即使是再细微的虫子
也从来都是前赴后继的汹涌
轮回

或声嘶力竭，或慢条斯理
只有极少的一些，非常的少
它们，优雅自在地从容
静悄悄地生
静悄悄地死

让声音成为无用
喧嚣消减
是否这样世界就会更纯粹些，干净些？
快了，再等待两三个冗长的夜
数过这依然热浪汹涌的白昼
那真正的秋天，将依约而至
一眨眼，整个世界
消声匿迹
重新回到泥土
看不见的生命全部埋葬
一切，只等来年

白色

追求一种
石头的幸福
空无一物
把虚无悄悄拥入怀中
任由赤裸透明的躯体
渐渐消融于
白色的夜晚

沉甸甸的果实挂在枝头
死亡还未曾落下
不需要无穷无尽地跋涉
只要点点头，微微点头
我就可以坠入虚无
坠入白色国度

迎接你的唇

任由你带给我

海水与沙漠的味道

快活迷乱的花朵，静默

没有内容的吻

石头的幸福

自由自在

祭奠，玫瑰

偶尔，走神的时候
我会忘记季节
若不是黄昏后的寒意
突然降临
天空成了紫红色
那山墙上一夜之间
枯死的玫瑰，铺满
仿佛是不经意地低头
才发现，空了的酒杯

时间如云朵，涌来，散开，悄无声息
大把大把关于夏天的温暖
瞬间成为记忆
什么都没有留下

秋天来了

事物脱去盔甲

裸露出真实大地

第一次和最后一次的凝视

你的唇，不曾盛开过的花蕊

许多种芬芳香甜，浓烈的醉意

一律埋葬，夏已离去

夏已离去，我却如，山火燃烧般想念着你

纷纷扬扬的情欲，言语和诉说，拥抱

疾风掠过，硕果累累，死于荒野

吻

你总在责怪

爱从你身上消失
畏惧与瑟缩，他们
使你外表苍老

忧郁谨慎
夺走你

欢乐的吻
不在

时间从不偷偷流逝
而总是
在你面前
大摇大摆燃烧

嘿，这有什么
你应该大声告诉他
站住，时间

或笑，或哭
或孤独，或璀璨

烟花一瞬里，去拥抱
那些数不尽的甜蜜和勇敢
去亲吻，不做雪人
爱与恨，笑与哭，都没有作声

去点亮那一簇笨拙的光

白色的冗长的秋夜之后

无言

一杯美丽之极的蓝色
一本略显晦涩枯燥的书
一个五点零七分的清晨

序幕拉开，无声
夜还未曾醒来
窗外的远方
丝绸般的雨细细落下
飘来甜丝丝的清新，微凉

读你，就是读我自己
那些已然发生的历史
在述说着什么？
每个人，每一种存在
每一段发生的点
茫茫世界消失于时间
一波，轮着一波

那些来自神秘国度的召唤与呼吸

将带我往哪儿?

浸润于文字构建的欢娱

理性与感性的碰撞、静悄悄纠缠

不经意推开，一扇沉甸甸的门

逝去的时光留在身后

未来在静静等待，翻开

一页，又一页

而当下

这些载体

秋的寒露，草木

沁人心脾

木头

用我的唇，描摹出你手的形状
沿着你火热的身体一路寻找
仿佛坠入许多条弯弯曲曲的小巷
黑色的永不餍足的快乐
爱情朝我缓缓俯下身
落在我指尖上，我的肩膀，我的乳房
在废墟中你的背脊有如夜晚的月亮
谁的血液在奔涌流淌
每一个温暖都嵌满你的名字
每一面墙上都留下了你的悲伤

和我再多待一会儿吧，别让
碰触停滞在消失的一刻

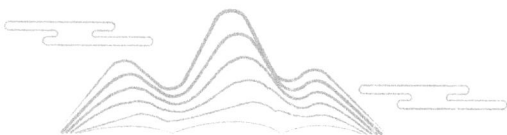

没有预告

梦骤然离去，枕边空寂

记忆如深海动物，静悄悄潜伏

木头敲击窗台的声音

一记盖过另外一记

你不在，你去了哪里

和我再多待一会儿吧

我将用我的沉默陪伴你

我将用我的柔软抚慰你

梦见，昨天

还是扎着马尾的年纪
黑夜一样的头发

眉毛尚未长好
眼珠儿清澈透亮
城市的灯光还在山峦之外
门前的海棠还未盛开
你牵着我的手
我们一起爬上一棵树
一棵松树
我们坐在高高的树丫上
如同一起坐在山峦的肩膀
黛青色的世界铺陈在我们眼底
田野里干干净净，鲸鱼在空中飘浮
松针幻化的剑，雨滴

还没有醒来，不会醒来

当苔藓沿着房子开始疯长的时候
有一个很低很低的声音
在我的身体里慢慢漾开
来吧，来，云朵在这里，闪电也在这里
颤抖的躯壳包裹着青涩的柠檬的蜜
你朝我微微地移动
我等着，静静地等着，闭上眼
山谷里瞬间升起一千株百合
花瓣的边缘如婴儿的肌肤
落在我的身上，那么柔软
那么柔软
你来了吗，你在我身边吗，睁开眼
世界消失不见

多年后
万物均已离去
你站在你孤单的屋顶
我沉睡在我漂流的筏
天空是无边无际的黑色画布
悬着那枚银色的月亮，照着
脚下的深渊
繁星一般的车河
岁月是巨大的海洋，翻卷起
一波又一波温暖的浪
柔软的水藻抚过我全身
唇的触感，所有的稚嫩与笨拙
那一年，如果你不吻我会怎样？
月光照在你身上，我的眼睛扑闪扑闪

糖果

故意去忽略

天幕下

黑暗的部分

只看见云朵

看见

银色的光铺满山谷

自己给自己，制造

快乐

看见月光下

秋的霜

凝成糖果

一颗又一颗

为的是

相信

这世界上

会有那么一个人

在某处

在某时

他在爱着你

守护你

懂你的一切

卸下所有的装饰，放在他的手心

你可以自由自在

你的珍贵

你的平凡

你的独一无二，你的核

都在他眼里

心里

爱着

被爱

因为雪白的糖果

一切

成为可能

温柔的静谧

躺在无垠的夜空下

仰望星星

幽亮遥远的星星

是童年的双眼，满怀忧愁

却又闪烁着渴望

明明灭灭

在诉说着勇敢幼稚的誓言

枯萎的玫瑰花瓣

已然被风吹散

却依旧飘浮在茫茫宇宙

寻找消失的永恒

也许，不应该叹息

随风腐朽，正是生命的全部意义

呼吸、相望、倾听

不是为了创造梦想

而是为了拥抱虚无

追逐不休的脚步

书写着囚禁的绝望

所幸，我明了这种绝望

因为在囚禁里可以接近

心灵深处那泓涓涓清泉

只愿从此

没有抵抗

放下企盼

把温柔的静谧

轻轻守候

把每一个片刻

化为永恒

旅人

总是在生活之外的罅隙
才能清晰地意识到时间存在
这些无形的巨人，旅人
他们缓慢抚过静谧时空的模样
如同不动声色的山脊
千百年来只是耸立着，耸立着
悄无声息，默默品尝着四季变化
更迭着无穷无尽的温暖与寒冷
凉意，甜意
带来一切摧毁一切

这陌生山谷
裸露的枝丫在天空
在一片空洞之中
在一种潮湿的虚无中
被渐渐融化
郁郁葱葱
一无所有

总是在这样的时候

才意识到你的亲吻

有具体的可以触摸到的形状

它们的渴望，疏淡

混拌着美妙的浓烈，交织

不需要言语的诉说

只用一秒叠加另外一秒的浸润

潮汐般一波漫过一波的沙漏

来呈现生命最初的颜色

你走过山峦，走过田野

走过每一片腐朽的落叶

你的双眼望向远方，望向我，望向这稍纵即逝的片刻

只是这样简单的一天

你不会强加于我

我也不会强加于你

任年轻与苍老

从你我身旁静静走过

一天之后，我们去了哪儿？

天空用沉默回答我

山林庄严肃穆

真正的冬天还不曾来临

所有的幸福都仿佛可以重新被改写

我等待着，等待着，直到

清晨的屋檐上升起无数片薄薄的浓浓的雾

梦境

是谁的声音
引我走过
长长的弯弯曲曲的路
来到这里

黑夜舒展着妖娆的身姿
慵慵懒懒
沉睡在梦境
又出现那间屋子
屋后的山峦堆云叠翠
深深浅浅，迷人的，初吻般的
一大片一大片，黑绿色的海
我闻见身后
你在，庭院的尽头

是谁的唇的芬芳

被温暖的雾浓浓浸透

冬日的景色萧索

你在轻轻地呼唤着我

一次就好，就这一刻

请闭上眼

滑入你，或是滑入我

交换幸福的印记

忘却一切，忘却爱着的

或是，被爱着的谁

可是，可是

那棵孤零零的树

静悄悄生长在远方

世界太美

我不敢回头看

天竺带回新鲜书签一枚

每天叠一只纸船

每天都许一个心愿

把一个又一个幻化的分身

埋进那些移动的书页

在金箔似的阳光笼罩下

书页是永恒宁静的深黢的海

一片叶子

一个冷清的故事

沉默的渴望映在庄严的墙

谁的眼泪无声滴落在佛的肩膀

尝遍世间的愉悦与欢好

离去，归来

年初一

每一天都在逝去

每一个当下都是稍纵即逝的消失

每一秒钟的停驻都必然成为再不可重来的过往

每一次的笑靥

幻影，曾经

每一帧或清晰或模糊的面画

持续的新颖或幸福

或惆怅

沉甸甸交替

蓦然回首，惊觉

被丢失的岁月

那么多，那么多

一年翻过另一年

如同翻过一张失重的轻飘飘的书页

随意简单

没有声音

Valentine's Day

天色渐浅时

山峦上升起第一颗蓝色的星星

二月的蔷薇慢悠悠攀过矮墙

花骨朵冰封在春天的羽翼下

等待苏醒

等待风

等待火焰的呼唤

那些渴望盛开的暖意

泛着芬芳的柔软的腰肢

正在，微微拱起

清凉月亮给静寂庭院镀上一层薄薄的蜜

带给我一朵雪白的玫瑰

行进在夜晚中的你

有着全世界最美丽的侧颜

弯弯指尖，迎向陌生的唇

亲密笨拙的碰触

火热的肌肤

情人的吻

笑容和凝视，古老的骄傲

奔涌，所有的爱意

揉进

每一个今晚

每一次

已发生和未发生的

去程，归程

一秒钟

白昼坠入覆灭，夜晚行将降临

两个世界争夺着，剩下的

仅有的时间，此刻

天空倒置城市翻转

热烈漠然的满天星斗，以千百年来

不变的优雅姿态粲然盛开

千百万颗孤独的星球高高悬挂在一扇又一扇寂寞的窗口之后

在沉寂未曾全部渗透的街道尽头，远方

是无穷无尽的黑色的海

无论是想要的或是不想要的

都幻化成一团仿佛初次萌生却又已然经历了无数遍的哀伤的模糊

无数个悄无声息的爆发和死亡

踩着轻盈的节拍

颤动摇曳出一曲迷人的双人舞

我在今夜离开，今夜

是你造就了我

眼睛的喜悦

在这稍纵即逝的一秒钟

我拥有了你金子般的沉默

胴体的温暖成为永恒

所有的记忆在靠近，在迤逦远离

多么美妙的时刻，一秒钟

我迷失了自己也找回了自己

从此，自由与束缚静悄悄交替

此刻

此刻，我在

等待冰淇淋

等待夜

等待一个人的到来和离去

等待白色的身躯上，覆满岁月黑色的土

在新年的第二天，第三天

城市的光亮如浩瀚星海高高耸立

谁在天幕，在云端

降下千千万万个微笑

艳丽的，优雅的，肤浅的，骄傲的

世界倾泻出满溢的沉默与欢腾

一大片，一大片，空寂无边的大平原

冰凉的雪

舌尖的钝感

赤裸裸渴望付出的爱，等等

这一切，全部都准备好了

只为了那一刻

当甜蜜的缤纷刺进身体时

那一抹尖锐的喜悦

爱的影子

你站在我的门前
轻轻，敲门
你伸出试图碰触
却又缩回的手
你侧耳倾听山谷里花开的声音
那轮雪白的月
在天边
你的眼眸深处，潮汐送来
一片，蓝色的海
翻越几千年故事般的去翻越你
是谁在谁的国度
投下了，那枚
不起眼的粉红的石头
被改写所有的记忆
谁的指尖被浸润
门内门外，阒然无声

世界沉睡着

此刻，亿万种短暂而虚幻的片刻

在温柔上演

亿万个爱的影子在铺满大地

你悄悄地来

悄悄地离开

不去唤醒

这个清透的安静的夜

青色

总是这样
微微地疼着
天空裂开一道青色的口子

我轻轻摊开双手
掌心聚起一团小小的时光
世界郁郁葱葱
那些
你亲吻我的瞬间，雨滴四溅
在窗外的窗外
城市被推开，隔开
很远很远

不知道还会不会，有

某个片刻重来

那个谁的眼底，薄薄的

忧郁

在高高低低地挂着

掠过一寸又一寸烧灼的肌肤

谁的温热执着的肩膀

在渐渐生长成参天大树

朝向，每一个

狂风肆虐的清晨

孤单着

当下

某个

随时可以遗忘的此刻

谁在偷听

稚稚鸟儿啾鸣

无数个生命在静悄悄生长，碰撞

多么的美，这来自天堂的声音

看不见的花朵

慢悠悠盛开

慢悠悠地枯萎着

远方的远方，天空在沉默

庞然大物般的城市，未醒

谁的灵魂安好

身体碎裂

晨曦尚未来临

夜灯照耀着大地

阳光温暖，万物盛放

走在空无一人的梦境，异乡

你伸出手，触摸到

岁月的吻肃穆冰凉

月

潮水微微
在地球的这一端
此刻，你在想念着谁
红色的桥
黑色的水
透明的时光
摇摇欲坠

凝视，倾听
浓烈的，淡薄的，轻盈的，
如婴儿般美好的细细碎碎的浪
在诉说着，那个
万树繁花的山巅
有你在的夜晚，暖风吹拂
从不见世上有芬芳会枯萎
没有滚烫的躯体会叹息变凉

无数个，不同面貌的你
如孤月高悬于白昼天空
怎么会有这么多
深刻的爱
生的全部，死的虚无

纵使，清晨在
悄然流逝
绵绵不绝

咖啡

是从几时开始?
偏爱，这杯中的暖
雪白的芬芳的图案
有如清晨云朵的变幻
甜甜蜜蜜，卿卿我我
一波继着一波
沉甸甸，湿漉漉
用千万种妖娆的姿势
轻轻攀绕于山峦
在我舌尖留下
迷人的微微的苦

忽而抬头
看见你走过
你的双手轻捧着
来自山中的

爱的浆果

你的双眼，笑意盈盈

捧着一整个春天

你把它，送给了我

低头闻到，四季

雨露芬芳

所有昨天的明天的花瓣

一片又一片，一朵又一朵

汇聚成，今天的片刻

啊，这么这么多

在墨绿色的深处

你把所有

潮水般的亲吻

撒在我面颊

赛博

赛博时代真的会来临吗？
读一篇午后的文，燃一支烟
看一段机器人与半机器人的故事
很久以前纯粹人类的爱
真的存在过吗？
在那棵，伊甸园里
化为灰烬的苹果树下
有许许多多亮闪闪的爱的尘埃
它们，都去哪儿了？
仿佛陷身于被你拥抱着的错觉
在这个迷人的下午
你陪我，煮了
一壶桂花味的咖啡

在那个瞬间
编号1511抬头看了看粉红的天空

遇到了NI

"和从前一样，是这个时代唯一的浪漫"

在恒久不变的变化中寻觅每一个动人的瞬间

你说，只想和我一起

去往那个，属于你我

唯有你我在的地方

啊，多么美丽的诺言

平凡魔幻

深深浅浅

夏日

六月的清晨

布谷鸟早已安歇

那茂密无边的森林中

摇晃着盛夏的音节

露珠儿躲藏于花骨朵下

在某人的指尖下

微微颤动着不安的灼热

是蛰伏在冰川世纪的小兽行将被唤醒吗?

金黄色的阳光浸润在山野

沿着翠绿的肌肤一寸一寸往下

我在梦里

挥舞着一把亮闪闪的剑

果实已这般的饱满

这沉甸甸的蓝色的爱意

翻山越岭穿过一整个黑夜的你的身体

生机勃勃,伸展在田野

夏日的触感香甜

停留在冰凉舌尖

静悄悄地温柔地注视

盛开的你,芬芳四溢

午后

拥有你
就像拥有一百万年的寂静

一切都已经远去
生命的轮渐渐流向腐朽
阳光依旧热烈
穿过层层茂密树冠
在不断不断
金光闪闪地坠落下来
落满，斑驳破碎的
一地芬芳
这是盛夏，尾夏
翠绿浓郁的悲鸣之夏
它在远走，不肯走，舍不得走
你在书页的左边
我在右边

轻轻翻一翻，即将遇见

相隔白昼银河的守望

仿若爱情

悄无声息

完成一种分离和相聚

所有涌动的灼热的甜蜜

从一个季节攀越到另一个季节

如猛兽追赶山峦，摧枯拉朽

一大截，一大截，幻变，抽身，断裂

惆怅么，欢快么

墙角的玫瑰血色褪尽

等待下一波温柔的凉凉到来

兔、兔

城市灯火，一朵朵
照着那只
明媚安静的兔子
静悄悄走过

今晚，我想起一些秘密
想起那个孤独的少年
他的洁白躯体
掩埋在厚厚的尘土里
已成幻觉的故事，回忆
无法诉说
所有的言语为零
是谁的手
觅着清冷的雾气而来
揭开那片沉默的树叶
一点一点

不知名的战栗

从深海涌起

仿佛写在墓碑上的波澜壮阔的爱意

匍匐吻向冰冷的唇

镜子外面的人

已开始另一个人生

睡着或是苏醒着

不再重要

重要的是被抚去的我的

所有的骄傲与痛苦

坠入更深渊的云端

或是，享受彻底的美

征服一场爱恋

某种熟悉的伤痕都在

嵌进骨髓与血液

活着么，分裂么，惆怅么

这陌生的微微的暖

黑色的夜

金色的你

九月

告别的季节

花园依然灿烂着

凉雨从远方的山峦飘送过来

你站立着，不说话

许多种沉默在浸透

温柔的无辜的水分子

这么多，满满

密密的雨中一只孤独的白鹭飞过

我看到，全部的天空

落在你的肩膀

在这青色的停滞的天空下

我看到了许许多多个你

以及，许许多多，不可言说的脆弱

是本该遗忘的遗憾

那些五彩斑斓的相遇，嗅觉

你亲手种下的石墙边那株

枝繁叶茂的无花果

依然翠绿着

空气中依然弥漫着香甜的味道

层层叠叠的水雾

在你的臂弯处，堆成汹涌的浪

它们依然在诉说着

所有关于昨天的故事

然而

要和你说再见，盛夏

你望向我，我望向九月

望向繁花落尽之后的

一大片一大片荒地

毋需再理会的如饥似渴

丰腴的果实躲藏在肌肤之下

走到这里刚刚好

你不会知道

被灌溉后的水草

有着怎样疯长的温度和速度

在心的旷野，在屋脊，在你碰触不到的指尖，自溺，或是自燃

我喜欢这样

生生灭灭都不留痕迹

夏天的秘密

留在过去

宁愿你只记得

在平静的下着雨的九月

浓荫下不再有殷切的盼望

也不会再有灼热的面颊

一切

刚刚好

一切

停留在了昨天

之后

天空像本打开的书
繁星点点如美钻
不知不觉，坠入回忆
坠入你
用夜风编就的情网
爱过之后无边无际的空旷
你看不到，此际
世界被满满的温柔包裹着

最远的那一颗，最亮

我伸出手
指尖陷入黑色的清凉
火热的躯体一点一点被消解
仿若婴儿般的欲望
在执着地呼唤着蛰伏的灵魂

那些甜美的最初

都躲藏到哪儿了？

浅浅的你

摇曳着纯洁无暇的浅浅的笑

千万种不知名的花儿垂下细弱的脑袋

在这不知名的山谷里进入安睡

而我的思念

借着寂寞的旗号

静静匍匐在我的脚边

雨季~Nolan

西岸的雨季
是从秋天，还是从那一天开始
实在是想不起来~
说不好是什么时候
就成了如今这样
不停
不休

绵延的雨
像北边的山脉层叠淅沥
一天
又是一天
不缓
不急
默默地弥漫在每一个梦纪

还有这无尽的阴凉

一点一滴

不言

不语

从每寸肤发渗进了

心间

血肌

说不出那是什么感觉

压制不住地从心底泛起

窗外的

身外的

无遮无蔽

无助无力

就是这样的午后

枯萎的树叶在等着风起

即便是一刻也想是就此飞离

只是

湿沉沉的坠下

湿沉沉的泥里

傍晚

天空的风云却漏了个虫洞

那一刻出现

西阳

炽艳

秋

金黄色的深秋

风儿肆虐

湛蓝色的灰色的天空下

有那，金黄色的桂花

一串继着一串

一层叠铺着另外的一层

闪闪发亮，喷薄出

万丈耀眼的浓郁的香

当你凝神去看

在这灿烂的极速萎败的鲜活里

时间变成一颗又一颗透明的珠子

反反复复的繁茂与虚无

这些平铺直叙的美

哀伤的色彩

如粉齑般纷纷扬扬地掉落

落在宿命的眼底

这一瞬，你想起了谁？

有如，一边看见了劫数
一边窥视着希望
那无数朵，不眠不休的渴望，欲望
亦纷纷掉落

一切会重来吗？
采撷，那些陈旧的往事
殷实的无根的轻飘飘果实
随意别在沉默的胸口

初秋已过，从前的你已离去
从前的我还未重生
发酵的绵绵密密的金黄色记忆
埋入尘土，在坟墓里
我自己占据着我的梦境
一个人，心满意足